教育部
新编初中语文教材
拓展阅读书系

风雨吟

芦荻 著

长江出版传媒 | 长江文艺出版社

高端阅读指导委员会

（系各省教研员）

目 ◆ 录

1

第二辑　海与我

第三辑　山情水情

第四辑 寄暖

第一辑　风雨吟

风雨吟

风从大地卷来，
雨从大地奔来。

郊原如海，
房舍如舟。

我有年轻舵手的心，
在大地风雨的海上。

一九四一年十二月

春天的歌

像一只燕子

卸去冰雪蚀过的羽衣

又来访问新的春天

今朝，飞过明净的蓝

飞过新鲜的绿

飞过健康的农村

我跳动着生的欢跃

那曾驮负过严寒的翅膀

那曾蛰伏于冬的底下的脚印

我将在和煦的春日里洗濯一番了

今朝，衔着温暖的泥土，嫩绿的芦苇

揩干那曾为冰冻的大地滴落的眼泪

揩干那曾为世俗的憎爱滴落的眼泪

展开矫健的翅膀

趁着春天的到来

把生命赠与创造

赠与美丽的理想

赠与年轻的希望

我将是多么欣悦呵

春天的生命是幸福的

今朝，我要唱一支欢快的歌

为那些在田畴上辛勤的播种者歌唱

大地是复活了

绿的草原，绿的流水

山羊振响着清脆的银铃

堤坝上的水车涓涓律动

我拍一拍那久经风霜的翅膀

吻着大地的草色和土香

我知道，冬天已经死亡

一九四二年三月二十四

怒涛吟

被时代的怒涛激动了的心，
不要在梦里独自呻吟；
过去的残稿让它成了化石，
展开一页热望的新生。
用铁与石锤击出热力
走出了伤感的泥坑；
为什么流下弱者的眼泪？
洗不净黑暗的血痕。

滔滔的巨浪向前排涌，
大江上涌起澎湃的声音！
让怒涛冲毁人类的礁石，
让怒涛冲毁人类的铁栏！
让怒涛冲净人间的腐烂，
让怒涛冲净人间的污斑！
真理在前，勇敢行进，
我们拍着怒涛呀不要毁灭！

我们拍着怒涛呀不要沉沦！

一九三六年五月

路

四年的日子吼一声过去，

今夜，我们聚在一起

——找寻明天的路。

四年来，难道我们相互还不明白、理解，

我们的心，还掩隔着一重门户。

今夜，尽你说你的，我说我的，

我们再不用怀疑。

生活的征途迢迢万里，

用不着依恋昔日的欢愉；

路，展开在我们面前，

你跟那一个方向前去？

四年来，我们学习些什么，

那不是人类的真理？

路是迢迢的，崎岖的，

我们应该鼓起更大的勇气！

跨过了山，渡过了海

真理的彼岸是我们共同的目的地。

我们，今夜也用不着悲哀，

　　也用不着怀疑，

明天，会有更值得纪念的日子。

迈过了人生的长程，

你，记着真理的路，

我，记着真理的路！

一九三七年六月二十一日下午

慰失掉孩子的母亲

晴天来了一个霹雳

一阵暴风从森林里卷起

土地打着寒噤

流水诉说着沉冤

树木震荡着哭泣的声响

你们的孩子被害了

静静的宁谧的华山村

这突如其来的惊变

使到你们的肝胆碎裂

你们，慈祥的母亲

把一生的精力

培养起幼弱的嫩绿的根苗

寄予幼小者以多大的希望

你们中间的一个

守寡了半生

千辛万苦的费尽了心血

才能从独一无二的孩子的身上

找回自己的青春

你们说："就是一只猫，一只鸡也

　　不容易杀死

何况他们是自己的亲生的儿女

老虎拉走了人

最多也不过吃去肠肚

还剩下一把骨头

绝不会连尸体都不让你看到

实在他们比老虎还凶暴

你们含着眼泪

呆望着脚下的土地

华山村前的一草一叶

都染上你们的血痕泪痕了

亿万的母亲，也都一样地

为着你们这悲惨的遭遇激动着

你们，只是受害的亿万母亲之中一个

在今天，在祖国的一些

还没有被解放的土地上

哪一个母亲不挂念他的孩子

一列一列的壮丁

被暴力强迫到火线去

一批一批的青年学生

被逮捕，关禁，拷打以至于死

愿你们化悲痛为愤怒

化愤怒为力量

愿你们守护着这幼小者的灵光

你们有一天总可以看到

暴君的命运的终结

这个日子不会很远

听吧，听吧

那祖国的土地的吼声

别要再悲痛下去

珍惜未来的日子

血债一定要用血偿还

现在，正面临着新中国诞生的前夕

柚子累累绿又青

兵营门口有一棵柚子树，慰问团就在树下演出……

柚子累累绿又青，

山来水往会亲人；

叮铃叮铃叮铃铃，

山山水水一条心！

柚子累累绿又青，

帐前一曲表深情；

叮铃叮铃叮铃铃，

鱼水情深鱼水情！

柚子累累绿又青，

人民光荣子弟兵；

叮铃叮铃叮铃铃，

打得狠来练得精！

柚子累累绿又青，

八一军旗闪红星；

叮铃叮铃叮铃铃，

千里雷声万里惊!

一九六二年八月十七日

美丽的时光

我们在迎来春天

你们也在迎来春天

——一九八八年的春天

龙的春天，我们和你们

相隔两岸

共一个春天

大海，澎湃开阔

风满帆，船舷浅浪

我们和你们

高唱龙的歌

共度好时光，美丽的时光

大地，快乐明朗

花满路，草飘香

绿叶新枝

高唱龙的歌

共度好时光，美丽的时光

金色的珠江

葱翠的白云山

金色的龙，驾云击水

热闹沸腾

共度好时光，美丽的时光

一九八八年二月十八日

诗人、 战士

诗人，又是战士
蒲风，一个响亮的名字
八十春秋，郁郁葱葱
《生活》是诗的摇蓝
你，从没空过一天日子

《茫茫夜》歌颂取火者①
讴歌《六月流火》
高唱《在我们的旗帜下》
发出钢铁的音响

生命，属于缪斯、战斗
送走烽火的过去
迎来明媚的今天
今天，我们更忆念您

① 《生活》《茫茫夜》《六月流火》《在我们的旗帜下》均为蒲风出版的
诗集。

蒲风，一个响亮的名字

一九九一年八月写于蒲风诞辰八十周年纪念

红旗万里

——周总理访问非洲，喜赋

青山，绿水

霞云朵朵

红旗万里

飞扬尼罗河谷

飞越撒哈拉沙漠

青山，绿水

风云磅礴

山起舞

水高歌

星斗胸前落

鲜花、鼓乐

笑脸、欢呼

自由的晨曦

冉冉上升

映红反帝大纛

"黑暗大陆"驱散弥漫的浓雾

炽热的岩石

烧起斗争的烽火

愤怒的森林

闪动着戈矛、枪刀

黄金、钻石

涤尽了百年垢污

丁香、可可

结出新的花果

滚滚的石油呵

还我富饶、欢乐

不屈的大陆呵

英雄的中国

六亿人民

一双巨手

透过赤道暖流

把你紧紧拥抱

红旗万里

红霞满天

海水永不干

太阳永不落

黑非洲的歌声

风雨吟

一直唱到了人民中国……

一九六四年三月二日

瞻　仰

——纪念鲁迅先生逝世十二周年

"不在沉默中爆发

就在沉默中灭亡。"

我们的时代的先驱者

你发出的真实的声音

一直高昂地呼喊着我们

十二年，十二年

我们真的不相信你离开这世界

我们是你怀中的婴儿

我们吃你的乳汁长大

你赋予我们生命和精神

我们没有一刻失去

纵使我们软弱

但有了你的鞭策就变成坚强

纵使黑暗包围我们的四周

但有了你的照耀

我们就不会彷徨

纵使我们闭塞

但有了你的启示

我们就觉得开朗

我们的国家

"无声的中国"

一切都快要过去了

你所痛恨的

你所愤怒的

你所憎恶的

都将连根拔起

时间永是流逝

十二年，中国的历史

卷着大波大浪前进

我们走着你所带领的道路

我们的国家

已开辟了新天地

我们要决心终止旧世界的残暴

昂起头来瞻仰着你

致诗友

三月，红棉灼灼的花城，
列车满载着你们的喜悦和离情；
伴随着车轮铿锵的音响，
我的心久久不能平静。

十年，二十年，三十年……
我打开记忆的窗棂：
在那妖雾迷漫的岁月，
呵，曾失去春天，百花凋零；
黄莺，紫燕，喑哑了歌喉，
连布谷也停止了催绿的奏鸣。
现在，寒凝的大地响起回春之曲，
春风送暖，花吐芳馨。
几曾见我们的诗歌史上，
有过今天这样瑰丽的华龄，
有过这样宏大的诗的铁流，
开始诗的新长征！

在这欢乐相叙的时刻，

我想起诗歌走过的行程：

在抗日战争、解放战争年代，

我们高唱战歌迎接黎明；

伴随着开国大典的礼炮，

我们狂欢的诗坛钟鼓齐鸣；

在社会主义革命和建设的洪流里，

我们的歌声宏大又深沉。

而今天："诗人，你在想什么？"

哦，夜雾已驱散，

迎来的是新鲜的早晨。

人民让我们青春放歌，

更策励我们昂首长征，

我们的诗，

要在人民心坎中得到回应！

三十年代，我读过艾青的《大堰河》，

七十年代，我又听到诗人《在浪尖上》的呼声，

今天，南国相聚，

我更听到诗人嗬嗬的开怀笑声！

历史是最好的证人，

诗人越活越年轻。

我们沐过多少的风霜雨电，

在伟大的转变面前，

跳荡着激动的心灵。

尽管鬓已斑斑，

我们要当讴歌"四化"的号兵！

诗人，要说真话，抒真情；

诗人，要在新长征路上勇进，迈步不停；

诗人，要在生活的海洋翻卷起波涛般的激情；

诗，是发现，是劳动，是创造，

不是塑胶的花朵，纸打的模型！

列车开了，开了，

我将跟随着你们宏大的队伍，

谱写新长征的进行曲

——时代的新声！

一九七九年四月二十五日

西风里的哀辞

——悼念王鲁彦先生

隔着山，隔着水

在漫天烽火笼罩下

霎然地一个消息

传进我的耳朵

你去了

永远的去了

这些日子

你长期间和病魔搏斗着

困穷搏斗着

以最大的忍耐力

抵受一切的磨难

不息地工作

宁愿呕尽最后一滴血

灌溉文艺的花朵

终于，在这刹那

这最艰难的刹那

给死亡的黑手抓去了

你真的去了吗

当我望着那斜风斜雨

遮卷着的山，遮卷着的水

我问：你到那里去了呢？

多少日子

你躺在病床上写着

不断地写着

你说"我须要工作我活着为的是'文艺'"

你那苍白的脸孔

一天天更苍白了

你那瘦削的手

一天天更瘦削了

病魔始终不肯放松你一刹那

然而，你却要坚强地活下去

艰难地活下去

因为你是人类灵魂的工程师

许多朋友在呼唤着你呢

关切着你呀

怀念着你呀

希望你能战胜一切艰苦！

战胜死亡！

四十年来

你是一个文艺忠实的斗士

你是一个拓荒者

忠实于艺术，忠实于人生

你底诚挚的脸孔

坦率的胸怀

永远地，在我们的眼前闪耀

"死本来是人的一件份内事"

但我们所珍贵的

是死者真实的灵魂

枪杆做不到的

却需要笔杆呀！

西风卷着一片片落叶

秋天的颜色是阴惨的

我们没有见面一年了

我记着去年这时候离开你

你赠给我远行的话语

今年这时候

我却在万重山、万重水

万重烽火的阻隔

不能见到你最后一面呢

当我听到你永远离开我们的消息

我能说出什么啊

西风带来的

果真是寂寞和苍凉的一曲哀歌吗

西风果真夺去了你的生命吗

我们永远的悼念着

一个真实的灵魂

一个好人

一个忠诚的文艺斗士!

一九四四年八月二十四日旅中

你跨上万里长征的战马

——送石榆兄赴晋

你跨上万里长征的战马

冲出五羊城头

像一条天空的飞虹

横过中原的肚腹

大武汉的前哨战

等着欢迎你

石榆哟

你以最英勇的姿态

闪耀在民族解放的洪流

你将踏上太行山巅

你将跃出雁门关外

你呵——你将以诗人的胜利的笔锋

写，写，写，

写出中华民族解放战争的雄歌

石榆哟

你饮马于黄河的水边

饮马于黑龙江的水边

跨过蒙古

跨过西伯利亚平原

在荒漠的原野

展开你广阔的脚步

石榆哟

你和我

都是历史创造出的时代人

我和你

都是新中国的儿子

我们生长在南国的珠江的流域

我们在诗歌的园地里

共同耕耘

我们在救亡的文化岗位上

握紧了像钢铁般坚强的手

如今，你跨过冰天雪地的北国

你以战斗的气魄

崇高的情感

去唤醒祖国被压迫的兄弟

石榆哟

西线的风云漫天飞卷

五台山上的新中国的斗士——游击队

将与你连扣在一起

你是新中国的拜伦

你是新中国的歌者

石榆哟

在斗争中

你将更艰苦地

完成历史的实践

南方的一切你用不着怀恋

到处都有我们战斗的弟兄

今夜，让我

向你致一个最高的敬礼

用一杯开水

作为饯别你的纯醪！

一九三八年八月一日于石榆赴晋前

一九三七年五月

第二辑　海与我

海与我

脚下：金沙
头上：白鸥
胸前：银浪
眼底：远帆

金沙，闪闪
远帆，点点
银浪，奔我而来
白鸥，伴我而来

我，凝视海
海，拥抱我
一阵骤起的潮音
把我带进浩瀚无垠的世界

一九八六年六月十澳洲黄金海岸

读　浪

湛蓝蓝的海面在我胸前展开

我踏着金黄的金黄的发亮的细沙

海水阵阵地消退，逝去

沙上袒露着多姿多彩的贝壳

白帆远远地远远地蒙蒙飘来

白鸥悠悠地悠悠地飞向我襟袂

白浪排排地排排地卷到我脚下

我迎着簇簇的浪花当诗读下去

当诗读下去，读下去

　　一九八六年六月自昆士兰省洛金顿城沿太平洋公路至布里斯本车行途中

鸥　缘

世界这么大，又这么小
从一个半圆到一个半圆
我们刹那间相遇于一点
有谁知道：是偶然还是必然

我掬一掬浪，你点一点水
你展一展翅，我伸一伸臂
我们徜徉碧波银涛之上
相忘于蓝天大海之间

我顿悟，或许这就是缘分

　　一九八六年六月自昆士兰省洛金顿城沿太平洋公路至布里斯本车行途中

滑浪少年

我漫步在黄金海岸

见你是海上的风景

听你是海上的音乐

记下你是浪里的诗

一九八六年六月于澳洲黄金海岸

过阳光海岸

南温带的太阳起得特别早

晨光第一线照临着海岸

海上卷起堆堆的雪

泛着金色的梦境

海鸥独自在雪里出没

玩帆的人，收网的人

敲蚝的人，弄潮的人都起来了

阳光照射在他们的脸上

梦境往后退去

　　一九八六年六月自昆士兰省洛金顿城沿太平洋公路至布里斯本车
行途中

夏飞湾海滩上

孩子

在捡贝壳

堆沙子

捉迷藏

夫妇俩

静静地躺着

眯着眼睛

晒太阳

海，荡漾

波，潋滟

风细

沙软

水长

一九八六年六月自昆士兰省洛金顿城沿太平洋公路至布里斯本车行途中

寄　月

　　中秋节日，收到永锵信，并画。信说："这里能寄上的除了文字，还有一个'月'，请笑纳"即答之诗。

远远，收到你
寄来一个月亮
圆圆的大月亮
自珠水岸边

我凝注
全神凝注
把窗扉打开
窗外，又进来一个月亮

两个月亮挂在我窗前
挂在我眉梢，心上
挂在人世间
挂在大洋、大江

今夜，月夜

中秋月夜

海外月夜

难得的月夜呵

我朗吟

月是故乡明

一九八六年九月十八旧历中秋节澳洲昆士兰省之海城叶潘

海滨短章

一

五颜六色的风
五颜六色的帆
五颜六色的浮标
五颜六色的浪板
五颜六色的泳衣
五颜六色的遮阳伞
五颜六色的胴体
噢，五颜六色的海
　　五颜六色的世界

二

问地球
若没有海

会变得怎么样

问人们

生活在没有海的地球上

将会变得怎么样

人和海，海和人

苏东坡说

人，渺沧海之一粟

现代科学家说

人，渺沧海的一粒粒子

三

海，以无限量

永恒、不息

载着太阳起、太阳落

载着月亮升、月亮降

载着闪烁的砂子和星星

载着游来游去会吃人的鱼

海之所载，无限量

海，地球的最大集装箱

四

我，一出门

就见海

就有风，有浪

没有风，也有浪

我对着一色湛蓝蓝的海

有时夹杂淡黄浅绿的海

敞开衣襟

抖动衣袂

迎风，踏浪

遐想天海之外

世事，也有无风三尺浪

五

我的窗外，是海

浮着一个月亮

我买醉海边

酒杯子里，也

漾着一个月亮

月亮在海里入浴，也

在我的杯子里入浴

我的杯子，也是海

月亮，一样晶莹圆朗

六

人们观海

说海是个梦幻的世界

是个神秘的世界

是个奇异的世界

是个自由的世界

是个狂暴的世界

是个多情的世界

我观海

置身一个肃穆的世界

七

海，从不知道停顿

从不知道静止

从不知道沉默

从不知道禁锢

海，对生命的价值观

是运动，是开放

是忘我歌唱

八

有谁知道海的欢愁

有谁知道海的忧喜

有谁知道海的命运

有谁知道海的胸襟

浮沉的人们

怎去理解

浮沉的海

九

海和云，云与海

自然的一对最佳情侣

云游天际，朵朵

吻着海浪，朵朵

云中海，海中云

相互印证着我曾翱翔于惊涛骇浪的云海

在波音机上，之后掠过太平洋

降落在大洋洲中的南温带的海云

十

海，富有女性的柔情

　　也富有男性的雄风

　　海边的弄潮人

　　爱海，恋海

深于温柔、妩媚

　　海上的玩帆者

　　驭海、驾海

长于刚烈、豪雄

十一

望海，看风景

海上，远远地

浮着不动的山

不知名的，也望着我

诱惑我，时隐时现

撩拨我蓝色的思絮

似一抹眉黛，深锁朦胧

如一叶藻浮，凄迷荡漾

我，投入了一幅山水画

黄宾虹或张大千的山水画

当一朝，大潮滚滚逝落

我，好奇地走向这幅画中

只见一堆翠黛色和紫红色的石头

地球亿万年冲积期化成的石头

或许，就是八大、石涛画里的石头

我恍然大悟：这就是美

望海，看风景的美

十二

生活在大洋边

我，日夕跟浪潮打交道

浪，一个个退去

又一个个袭来

潮，一阵阵低降

又一阵阵升起

是我，压倒了浪

还是浪，压倒了我

是我，顺潮流而前

还是，丢在潮流后面

我与众共识，和浪潮结盟

一消一长，载沉载浮

这是个浪潮汹涌的世纪

现代人，现实点也浪漫点

认同自然，认同社会

一九八六年十月三十日于澳洲昆士兰省之海城叶潘

海的日月星

晨　光

海之滨

有人每天

大早起来

看海

碧水

蓝天

艳阳

一片美丽

海面

晨光缤纷

跳跃

海尽处

天是岸

船影

波痕

似梦

如醉

午 景

太阳强烈地直射在沙滩上

沙滩散发魅人的阳光之香

滑腻的海风拂拂吹来

彩色的纯白色的帆

镶上金色的银色的茫茫画框

我浏览一幅幅现代的画

画里一只只翻飞的蝴蝶

飞逐在雪浪花中央

南温带蓝滟滟的空气

在我的血液中流淌，流淌

坐来明月上

太阳落下

大海又入夜

远处，不远处

有闪烁的灯光

而我坐来明月上

静静地、默默地

捉住波心的银光

面对偌大的夜空

沉思、遐想

天和海，海和天

周围澄澈奇亮

突然，不知起自何处的声音

我倾听

大海奏出的严峻的乐章

曼妙的月光曲

潮水正涨

流　逝

水光，流逝了

月光，流逝了

星光，也流逝了

心光，依旧闪闪

帆，点点点点点点

自海面的星月里流过

见不到踪影

我，沉浸在肃穆的夜海

琢磨着晚空

问星、问月……

一九八六年十一月于澳洲昆士兰省之海城叶潘

浪　蝶①

说你是海上的浪蝶——

真的，你溺爱宽阔坦荡的大海

缥渺、逍遥；逍遥、缥渺

自得而入，自得而出

尽情地翻飞

采撷浪的花朵

浪花有情，开不败

大海有量，不会干枯

而你的劲健的翅膀呢

冲来拍岸的涛声

汩汩回翔，在水之上

编织浪漫的美

一九八七年四月于澳洲昆士兰省之海城叶潘

---

① 澳洲，周围环海，海上滑浪风帆，自远视之，仿如彩蝴蝶，冲风破浪，
出没波心，题为浪蝶，以赞劲帆的人。

投　赠

——给海鸥

从陌生到不陌生

风里涛里，朝夕相处

是你深情的知己

你唱我一支清亮的歌

我赠你一块新鲜的面包

大海，减却寂寞

一九八七年一月于昆士兰省之海城叶潘

野 鹜

你来去水湄
似吹过的风
如流过的水
与柔沙同呼吸
宏观世界里
你投下心影
你刻下脚印
且别问你的行处
水天之际
洞见你的神思

一九八七年五月于澳洲昆士兰省之海城叶潘

黄金海岸垂钓

我远来

海阔　云淡　天高

万顷碧波无际

在粗沙大石的岸边

日落海西头

放下钓钩

水之湄

钓丝澹澹

丝丝　漾起心底浮藻

我　不是钓鱼

也不是钓黄金

而是钓诗

钓缥缈的时空

钓变幻的尘海

钓殖民地的沧桑

晚风吹　夕阳坠　浪花飞

帆影远近参差

烟树朦胧迷离

涟漪一圈圈向外边缘延展

我心向大海　无限

饮　海

读《香港文学》诗人云惟利诗《慰芦荻》，酬答。

不醉于酒

醉于海

酒能醉人

海也能醉人

横海而来

放下唇边的杯子

且尽吸蓝蓝的沧溟

请倾听　海的轶事

画　海

——读画家雷坦的画

扣开海的大门

你　醉于海

　　感于海

　　觅于海

　　思于海

　　悟于海

海　神奇地运动着

　装下你的心

你入于海而出于海

　藏下海的魂

海　给予你无限

海的动静

海的神思

海的音色

海的丰采

海的力度

海的外在和内在

在你笔下

辐射　再现

化成人生的和弦

欢笑　愤怒　快乐　悲哀

踏莎行

　　春节期间，女儿偕余至黄金海岸度节，寓居海滨，日
夕望海，行吟沙滩，海波荡漾，金沙闪烁。借词牌《踏莎
行》为小诗纪之。"莎"与"沙"，同音也。

行行重行行诗海游心
一望金黄的沙滩
践约前盟　多情的鸥鹭
又来相亲　伴我歌吟

行行重行行　大海也在运行
我边行边默诵古人词赋
虽信美而非吾土……
大江东去浪淘尽千古……

行行重行行　生有涯
海无涯　诗也无涯
贝壳缀着词客岁月的泪珠
金沙烙下词客烟波的脚印

浪　雕

海风起了　挟着波峰浪谷奔来

海的粒子汹涌澎湃

塑着各型各式多层次的浪雕

一座一座雪浪的山　蓦地

腾空升起又蓦地腾空倾没

一山一山雪浪的花　刹那

璀璨开放又刹那璀璨消溶

我骤觉　大海的本相

盈虚升沉　瞬生瞬息

海天风雨

午后一场暴风骤雨

顿时　海色没入迷茫

淡淡的波光　卷进沉沉的天际

帆影远了　滑浪客　不知滑向哪去

海上寂然　一只短身长喙的海鸟

遁入我的楼头　逍遥自得

小立栏杆上　欣赏海天的雨景

满天明月听潮生

夜　槛外没一丝飘动的云

碧尽遥天　挂一个波心月

我仰头　向寂静的高处

海月心月　倚楼听潮生

一九九二年二月于黄金海岸

阳光海岸①抒情

上　阕

又来看海　又来看海

你古老而现代的海岸

阳光充沛的海岸

早呵　当第一道金碧灿灿的光芒

闪射在波浪上　我来拜访

看见吗　浩浩瀚瀚

沧海之外有沧海

海中的天宇　天上的太阳

于是我从浪大化　邀游天海间

飘然而来　飘然而去

海望不到头　天摸不着边

阳光　炽热的生命力量

---

① 阳光海岸，系澳洲昆士兰省开辟较早的旅游胜地，与黄金海岸齐名，离省会布里斯本约一百公里。

永远不会消失　永远

下　阕

潮水　不停息地

来了　又去了　去了　又来了

我躺卧在这没遮拦的大摇篮

洁白而温软的细沙上

神游浪漫的境界

享受南温带的海洋风情

和湖水　阵阵低语

阳光　海水　沙滩

拥有我　我拥有它们

一滴水　一粒沙

看太阳　看世界

第三辑　山情水情

山情水情

从凼仔来到流溪河边，
有缘，斜日映照芦花。
登上天湖，观湖中天。
坐快船，剪浪裁山，
飞绕叠叠峰峦。
不用对话，无须语言。
摄影机来不及打开快门，
眼睛已深深藏下山情水情。

一九八七年十二月廿八

致北来的小雨

三月，北来的小雨
飘进花城的兰圃①

雨化兰香，兰香化雨
人在雨中，雨沁兰中

一把小小的花伞
穿过蝶影翩翩的花丛

行行重行行，哦
笑弹一支雨中吟

一九八八年三月

———————

① 兰圃，地名，位于广州大北路越秀公园对面，以兰著名。

酒杯里的枫叶

一片枫叶
第一次喝酒
淡淡地融进晕黄的杯里

是秋天吗
不，恰正暮春时节
绮窗外
织着润物的绿雨

有缘分的白兰地
深深的情愫
在浅浅的杯里
泛起了清韵
漾起了诗的酡涟

一九八八年三月

春天的遐想

一张七彩的影

一首七彩的诗

流动于冷暖之间

闪烁于光色之外

绚丽而完美

拥有自己

一九八八年春

无花果树

之 一

是神话　是童话

忘年的第一次相见

是缘　是分

是诗的纽结

永恒的记忆

存在于宇宙的永恒之中

之 二

三月的风

袅袅柔柔丝丝

吹醒北江水

吹开风度园

拂着微微的笑

亲着暖暖的手

吻着盈盈的眼波

漾起轻轻的涟猗

之 三

声音　会飞翔的翅膀

快拿起听筒

打开心倾听

长空传来铿锵的凤鸣

之 四

山之丘

水之湄

有一美人

走在无花果树的小径

别问

山之遥

水之远

一九八九年三月

葵乡曲

一树树，像开屏的孔雀，

一丛丛，像晴空的绿云，

千里、万里，葵树、葵林，

牵动着多少故乡心。

葵风阵阵，深情话语，

葵湖荡漾，笑脸迎人；

一见葵林，热泪滚滚湿衣襟，

一见亲人，喉咙哽哽吐不出声音。

生长这葵树葵林的土地，

少小时留下了多少脚印。

"少小离家老大回"呵，

葵树的家乡熟识又陌生。

春风绿了蓬江岸，①

_____

① 蓬江，广东新会县的一条河流。

春风动了游子心。

扑一扑海外的风尘，

洗一洗异国的酸辛。

卅多年前离家门，

妻子刚怀孕；

卅多年前别乡井，

葵树正扎根。

好呵，今天，

一望大厦映葵林；

好呵，今天，

儿子第一次见到了父亲。

葵树和儿子呵，根连着根，

茂密的葵林呵，好遮荫；

强大的共和国呵，我的母亲，

日夜萦绕着游子的梦魂！

一九七九年七月二十九日

海南山村小唱

巷

巷口有一棵椰树，
树上安上一个匣子；
匣子奏起悠扬的音乐，
树下围着老少男女。

巷边开满红玫瑰，
玫瑰旁建起一座托儿所；
孩子环着花朵，
手拉手儿唱歌。

井

转过一条山村，
面前有个水井；

游鱼上下戏水，

井水澄澈晶莹。

我捧一口井水，

水味分外清甜；

游鱼不避人影，

向我微笑欢迎。

山中问答

山上铺满阳光，

阳光照着姑娘；

姑娘，家在什么地方？

在潮阳。

是天风吹你过海洋，

来到五指山上？

是你自己长上翅膀，

来到山高海阔的地方？

工作需要到哪里，

哪里就是我家乡；

山高海阔都一样，

祖国何处不芬芳？

一九五七年五月

阊门怀古

我，特意来寻访你，
可看不到你往日的容姿。
断墙上，有蔓草几株，
迎送着车来车去……

你繁华的历史，谁记起，
阊门，我问你的过去。
哦，过去毕竟成为过去。

一九八二年十一月二十九日夜

灯与月

一只老台灯　窗内

一轮圆圆朗月　窗外

隔一层簿纱　交相映射

夜如水　无声无色

一九八九年十月布里斯本

探梅曲

你早开，

我们也早来。

千树万树，

蜜蜂也陶醉。

环绕你，

多少香步低徊。

画你，

画半开的蕾，

画一个清澈的世界。

一九八七年十二月三十日

月　下

月下　我的跫音

沿着草叶上的露水响起

露如珠

彳亍　澄澈

露珠真的"从今夜白"么①

而月呢　长空流去

---

① 杜甫诗："露从今夜白，月是故乡明"。

窗与我

风与鸟　对语

鸟与花　对语

花与窗　对语

窗与我　对语

新绿　染透窗纱

一窗　有声有色

夜　航

夜

航机上

朦胧入寐

我看见

地球倒转

大海倒流

春倒行秋

一觉天亮

一醒

跨出机舱

身置大洋洲

憬然于

时空来去

秋蝉

春鸟

大千宇宙

相　见

又是秋天

又来到中国城

又相见

远游人

刹那间

抖落了旅尘

前年此际

你年轻夫妻

还没抱乖乖

如今　孩子和你俩

手拉着手

在城中 Shopping

路上　看不到一张落叶

孩子　蹦蹦跳跳

异国之秋

有花花草草

有古色古香的中国牌楼

有系列式的中国商店

中国城

回荡着神州大地的烟云气候

中国城

跳动着我们幼小者的脉搏

中国城

凝聚了我们多少辈的心灵

此时　此地

我们踯躅　彷徨牌楼前

望中国

目极天安门

无语

一九八九年布里斯本之秋

重阳节

不去登山

去浮海

蓦地惊起

中秋过了又重阳

怀着一份山的想念

望故乡

白云　越秀　西樵……

撷拾起

几番风雨

几回思忆

此刻

我乘轮

遨游海上

无风无雨

旷兮兮

登上 Coochie Island①

掠一下我的鬓丝

看海燕冲飞

半解开我的衣襟

让浪花洗涤

海蓝蓝

天青青

一颗心灵

心　毕竟似浪

于海　于岛

于遥远的国度

度重阳

惜没有载酒的朋侣

一九八九年十月

---

① Coochie Island 系一个离岛，离布里斯本城不远，为夏天的旅游点。

小黄菊

窗前

一片草坪　青青

熟知而又陌生的小黄菊

入眼　格外晶莹

似夜空　迷人的蓝蓝

闪烁几点淡黄的小星

小黄菊

富有澳洲自然风情

小小而艳

给世界一角土地

倾注

一份魅力　一份芳馨

一九八九年十一月一日

病中絮语

一

我病着

患脑动脉硬化

我祈祷

这是肉体的

不是精神的

二

我住在

工地旁

打桩机在日夜鸣响

我的大脑也在鸣响

打桩机日夜在钻探

我的大脑也日夜在钻探

我在它鸣响中钻探
它在我钻探中鸣响

三

午夜，我起来
隔着窗纱，望窗外：
灯光，一点、两点、点点……

构成一座北斗七星。
夜阑人静，
远外，卜卜的轮声，汽笛声
近处，踏踏的车声
打破夜的平静。

静闹交织，
时间与空间，
现实与梦境，
渗透了生命。

一九八二年十二月廿一日零时后

93

庚午年闰重午日

又吃粽子　　又吃粽子
才过端阳　　又过端阳
海上风起一次次
哀送来《招魂》《国殇》

蓝蓝的天空

蓝蓝的天空

飞来一只蓝羽的大雁

落在蓝蓝的太平洋岸边

波蓝蓝风蓝蓝

蓝蓝的音尘

蓝蓝的情思

问讯大雁　故乡的天空

故乡的大海　也蓝蓝么

在昆士兰大学校园湖边

陌生的校园

净绿的湖

日午湖上风轻

小径无人过

我躺在湖边的草坪

晒太阳　看风景

湖面　莲叶田田

波纹里　扑通一声

一只野鸭穿出水面

伸长了脖子　向蓝天

张开硬朗的黑翅膀

挺立着　怡然自得

也晒太阳

顷刻　又钻进水里

于是　我转身起来

悠悠漫步　静谧的校园

给我一个青春的亲吻

湖目送我　凝注深情

园角的桃花

我的后园　园角

有一株欹斜的桃树

　一株孤单的桃树

去年十一月　我来时花开

今年七月　花又开放

粉红的淡淡的风姿

一幅庭院工笔

异国的冬天如春天

春风挂在树梢上

只有桃花能识

风吹树杪　我凝视园角

桃花脉脉嫣然想起

往岁石马雅集

眷眷　一年一度的桃花潮浪

一九九〇年三月—七月于布里斯本之春林书舍

凤　鸟

我轻吟着
你寄我的一首小诗
我感到它的重量
不轻　不小

晨光
在我心中亮起
一只凤鸟
枝头歌唱

距 离

别是一种距离　开始
距离又非距离　我说
眉梢　缭绕天际云烟
心上　流送海月琴弦
天　远又近
海　近又远
肠未断　人在天海间

心　影

让天边过雁
捎迢迢寸心

递向　故国
故人　故园
这日子你说
捎些什么呢

是祝故人无恙
是盼故园花好
是怀故国山川

清晨， 在布里斯本公园

清晨　在布里斯本公园
情悄　静悄悄
夜莺　还没睡醒
我独步玫瑰花坛
雾非雾　花气袭人
花梢露　艳艳交映
白玫瑰　黑玫瑰　红玫瑰
还有淡黄殷绿浅紫海蓝
多彩多色　多姿多颜

轻轻　我吻一吻花瓣
啜一口露珠无声
于是夜莺起来了
为玫瑰唱一支清脆的歌
晓风沁过花径
花朵颤颤摇曳
我的心灵也颤颤摇曳

玫瑰　花的缪斯

诗苑里　让我躞蹀　流连

中秋赋月

海上生明月

天涯共此时

——杜甫

记得去年吃月饼吗

天涯　又过中秋节

今夕　月华如练

　　天宇如海

我凝眸此际两地的长空

蓝蓝的海风　凉凉吹来

心的海平静又不平静

遂乃张起海面一叶银帆

月的帆　登月的诗帆

波涌涛激　光速飞旋

年年有今夕　今夕
又有不寻常之圆月

月月有光斑　光轮
光起光落　光沉光升

月在天上　月在海上
月在心头上　月在水一方

月度人　人拥抱月
人与月　合二而一

月照人　人行逐月
月与人　又一分为二

临万里迢迢光景　试问传统　今夕
有多少人恋月　饮月　醉月

感百代莽莽红尘　那知浮世　今夕
有多少人聚散　悲欢　离合

今夕　满地月明思故国
举头　拥有属于故国的明月和你们

我憬悟于这明明晦晦的大千世界
悠悠于月的魅力与心的皎皎情结

银河无恙　茫茫的沉浸着亿万年的清影
茫茫的无声无息去远流远　流远去远

后记：辛未中秋，别广州，朋侪饯饮于番禺洛溪大桥
之香港海鲜酒楼，雅叙一堂，宴罢，复各携月饼双盒以归。
忽一年矣，中秋又至，海国居处，潮生月出，眺月怀人，
赋此寄意。

红　豆

惜别

检出行装里两颗红豆

赠你

切切　叨念起王维诗句

红豆

别名相思子

这儿异域的土地上

见不到红豆树

红豆

生长在血液里

思故园风物

念你

一九九二年九月十二日于布里斯本

草窗的梦

我的窗外

是自然给我享有的一小幅草地

大清早，卷起了帘子

窗外的风景请进来

扑鼻闻到草香

草叶上溅满洒洒的露珠

憨憨柔柔　透亮透亮

我醇饮着一窗诗露

脉脉独怜幽草

追寻夜来的梦幻

梦中　那样茵茵的生命与自然

孕育着和谐亲近之境

窗前朗照的阳光

正镀上一层新绿

草色入帘青　寄你

一径绿云　一片草叶

一九九二年九月三十日于布里斯本

第四辑 寄暖

寄 暖

　　力平来信，说"冬天已经来临了，不知南半球的冬天该是怎样的呢。"即诗答。

地球的北太平洋边，有你
地球的南太平洋边，有我
时间和人在地球上来来去去
你信说：冬天已漫步到眼前

告诉你，此刻我正投进火辣的夏天
面临大洋参加弄潮戏浪的踊跃行列
阳光洒落海面，大片一大片
海潮腾涌沙滩，大片一大片

我把海水和阳光贮起装好
放进年历上那只袋鼠的口袋里面
寄你，无际的蓝蓝的海天
赠你，一点点南温带线上的温暖

　　　　　　　一九八六年十二月于澳洲昆士兰省之海城叶潘

寄 浪

赖少其来信，并画横幅为赠。画云："王勃诗：海内存知己，天涯若比邻。送你，这是现实。"诗答之。

浪花绽开了又散了

散了又绽开了

望不见边呵，大海

开不尽呵，浪花

波涛，相激相接

永不疲倦地，不舍昼夜

浪花开处，大海赠我尺幅

"天涯难比邻"

古人有句："白浪堆如山"

现代人歌唱："万水千山总是情"

浪花，越开，越美

请别说："天涯难比邻"

还赠你三叠浪

"天涯话比邻"

一九八七年三月初旬于澳洲昆士兰省之海城叶潘

寄 鱼

三岁的外孙子画了一尾鱼寄给我，喜之，写此。

刚满三岁的小外孙儿
寄我一尾鱼，我意外惊喜
是鱼，又不是鱼
海天接处，我看到一张调皮的笑脸

临别的时刻，想起
保姆抱着他，送我门口登车
一双小眼睛，望着我的的士
戛然离去，我没有言语

一年了，我收到这一尾鱼
异国的海上，秋风又起
万里外，稚气淋漓的线条
跳蹦蹦，游到我的身边

我推想，这是故乡的秋鲤

一九八七年三月于澳洲昆士兰省之海城叶潘

寄黎明

　　　　黎明，深圳《特区文学》编辑，方抵澳旅游度假。来
信云：现寓居阿特雷德不远的一个小镇，正在创作剧本。
客中同客，道远未获相晤，诗答之。

黎明

大海溢出一片光华

波光四射

海城人

枕上泂漾着梦的涟漪

晓窗开时

黎明的信息来了

穿过波光

十里，百里，千里……

从阿特雷德辗转而来

我走向海边

迎接美丽的阳光之省

刚起床的太阳

吸一口大气

这儿，听不到鸡鸣

也不闻狗吠

但见小麻雀追逐着

在噪动啁啾

海鸥也醒来了

在沙滩上散步

礁石旁生长的海树

绿叶上抖动着

些许未干的露珠

近处的楼台

远处的别墅

霎时褪去了夜的朦胧

我给黎明唱一支歌

这世界，煊赫的世界

由日变为夜

又由夜变为日

日夜不断轮变

黎明，最是清醒的时刻

一九八七年三月于澳洲昆士兰省之海城叶潘

樱花寄

之 一

远方　寄给我

几瓣樱花

瓣瓣　心影

瓣瓣　乡愁

信封里　装着一个海

一座山

之 二

陌生世界捡缀几片落寞

登上富士山头

观日之将出

独立苍茫

傲然于山海

风雨吟

自有人生在

一九八九年四月

给五月诗社年轻的诗友们

之一　序

远山近水

近水　远山

五月　诗笺

把山水串连

投射在缪斯的涧谷

若干万万年

地球

出现了马坝人

宏观的世界

无限大

微观世界

无限小

长长的岁月

我们存在于两界

且抱着

石榴花开的季节

袒露真诚,

倾听山风的吟咏

涧水的和鸣

在宏观微观世界中

寻觅追求探索

留下了一首首心的歌

之二　内容

没有酒

没有诗

　　寂寞

没有爱

没有春天

　　僵死

杯与杯碰响

心和心撞击

乐曲　舞步

把我推进十七岁的队伍

三月

春的夜空

缭绕着

梦的诗句

起步

三步　四步

我们开始

在舞池上航行

生命　美

合着节拍

在日月星辰中

战栗　跳动

我们第一次见面

倾谈在长满无花果的小径

当我背诵你的《照相》

夕阳已从山外山

摄下我们的身影

突破时空

在开启心灵的宴席上

浅浅地喝一口湄窖

浅浅地笑

深含着诗情

是信使　是骑士

深夜　衣襟抖落了露水

满载了芳芬

髭须　还留下酒痕

一朵洁白的莲花

刚开放武水边

一位白衣的战士

流淌着静静的心泉

挟着青青的岁月

溯洄在水的一方

一九八九年三月十八日

罗湖桥头

惜别桥头

目送你目送我

春　在握手

春　在挥手

午后的风匆匆

让我把温婉带走

我　来不及一声道谢

行远　行远

答佟立章濠江见寄

小序：月前得读《答芦荻惠诗》新诗一叶，近又获读《红棉花发怀芦荻》七绝一首，故人万里，不忘在远，迢递诗心，至可感也。

之 一

阳光正媚　海水正蓝

想念你　很想念你

熹微的曙色绽开云蕊

酡红的夕照吐放霞朵

遥见你明净的心灵闪亮

红棉花谢了又开了

花开日暖且向异国春林

撷取多彩的玫瑰寄送濠江

艳红、深紫、淡黄、浅蓝……

之 二

别怕抖落

千丝万丝发丝

珍惜抓紧

千金万金一刻

时间是你的也是我的

傲然凭倚著

偌大的蓝蓝苍苍

展开襟期

藏下一个宇宙

之 三

生命　就是美的超导体

有限向无限伸延

无限蕴涵着有限

不必懊恼美人迟暮

不必痴盼时光回倒

凝睇秋月春江　物换景移

热爱生命　执着创造

恒久地执着

之　四

月自当空

水自奔流呵

同感谢旷古的大自然

赋给我们以鸣琴

以音籁　以韵律

以境界　以顿悟

也许，这就是永恒

就是诗

之　五

毫不踌躇

摔掉宫廷馆阁桷桷桁桁

毫不可惜

打破庙宇殿堂神钟社鼓

抚抱拥有

大地锦瑟瑶琴

思来情至　扬扬洒洒

有弹不尽的曲　唱不完的歌

之 六

涌自心间　喷自心间

卓立自己的篇章

不傍他人的门户

是自己的声息音响律动

又超越自己

此刻　九万里外濠江的潮声

传来你的心声

我

分享你一份亮丽而温馨的晚晴

一九九〇年四月于花开时节寄自布里斯本之春林

又是菊花天

又是菊花天

花　各有自己的季节

季节流转　看花落花开

广州　秋渐深渐凉

菊花盛开了　鸿雁来讯

多年多年　没有看菊花

当年看菊天

你还是个少女

菊花的记忆可也鲜明

菊花怀人

人怀菊花

你我是个忘年歌者

时光注定了我们

这刻行吟远别

你驮一股广漠漠的草原风

遥遥的西行

我衔一支轻飘飘的芦笛
远远的南行

菊花遥远又遥远
故园遥远又遥远
能解开一叶叶一朵朵
乡国愁思的结子吗
盼一天再拉手
登上越秀山巅重观菊展
漫赏异国看不到的大白菊

她是我第一个外国朋友

异邦
她是我第一个外国朋友

当圣诞节日
她送我玫瑰一束
花开自她襟前

当我生日
她送我玫瑰一束
花　开向我心田

当我搬新居
她送我玫瑰一束
花　开在我窗边

客里　秋瘦又秋妍
玫瑰在　缘在

昨　夜

昨夜　中秋剩余的月光
临照我远航的机翼上
一丝笑影送别我

今晨　北太平洋的阳光
穿进我明亮的机窗
一张笑靥绽开我心上

远行者　一夜间
横越广漠的新时空
跨日月　跨海　跨浪
黎明　从天而降

朵 云

启明星闪亮我睡醒的窗口

天河上银鸥衔来了朵云

一道暖流流到我心头

相思一夜天涯远

一九九一年十二月圣诞前于布里斯本

南溟之游

——致画家尚涛

临别　你馈我一条鱼

题曰　南溟之游

我与鱼　相忘于大海

没忘你

桃花吟唱

——寄诗人韦丘

日月盈昃　地球自转

莽莽时空　在移在动

春节你寄赠我一首绝句

读着　金黄　赏罢　是嫣红

桃花且作邮花贴

深情地传来春的信息

十年盛会　此刻还想见

你从石马托一株桃花①

笑嘻嘻地回家　片片

贴作邮花让盖上邮戳

减却我春林几分寂寞②

多添我吟唱几束情愫

---

① 石马，乡名。位于广州市郊白云区新市镇，以盛产桃花著名。十年来，春节前历有赏桃雅集，广州文化艺术界名流于此赏化、作画、赋诗，然后托花归去。

② 春林（SPRING WOOD）系澳洲昆士兰省省会布里斯本城之一个住宅区，地方幽雅，花草宜人。

愿借一叶风帆

任凭九万里天风

寄语花城诗人

好给开放的岭南

添一页桃花流韵

时代的新风骚

寄飞霞二首

之 一

一管芦笛　一缕游丝

盘绕广阔的思维空间

笛声悠悠飘送　清远

草绿天际　迢迢

凝望飞霞峰顶

云海上有凤鸟

回旋于山中的树琴①

展开吟唱的翅膀

给故国的山水

增添一份鲜亮色彩

---

① 飞霞山上，有一棵树，敲之作响，如琴声，名为树琴。

之 二

相忆，一别曲江之后
嚼咀诗之清晨　舞之夕夜
武水浈江缓缓地流远

于是我流向南太平洋的海角
海多情　给我送几颗晶莹的贝壳
且托风　托云　托浪　托星月光华
带向万峰环抱你的身边
记录下时空的转换
行走过的生命的轨迹
此时此刻看晓月半圆
清光射进我异域的书舍
期待月圆时重相叙于小北江之水湄

一九九〇年八月十三—十六日于布里斯本之春林书舍

早　读

——致澳门友人

渚边，我悄坐岩石上
读着濠镜捎来的报纸
碧波深处，回响
大千世界的信息

昨夜潮退
今朝晨起
海滩，一片静谧
空气，洁净甜美

水鸟，敛起翅膀
徘徊岩边，石畔
给我伴读，恋恋依依
若有所思，若有所思

望汪洋大海

静悄悄，一会儿

太阳又高高升起

璀璨明媚

我迎向前，遥向

濠镜致一声"G'day"①。

一九八七年五月于澳洲昆士兰省之海城叶潘

---

① "G'day"，系澳洲亲切问候的士语。

读涛声

——寄诗人云惟利

半圆的天　连接

半圆的海湾

我倚着

天海　云树　岩石　浪头

琅琅　读你的诗

波涛骤起

大声镗嗒

大海　耽爱古今情韵

水之湄

阳光涌现

给我照影

浪花沿着我脚下撒开

打湿我的衣衫

阳光又曝干它

海流不断

诗心不断

一　瞬

——给一位不相识的摄影师

透过你特大的镜头

我抚沧海于一瞬

瞭望远远的离岛

流盼变幻的山岚，渺茫的风

凝注隐约的楼宇，移动的推土机

渔港拉近了

渔船归来了

缕缕云烟

丝丝波纹

环绕着我左右，流转

我目送横过高空的一只大鸟

不知名的大鸟

也不晓得自何方飞来的大鸟

顿时，我没入一个无声的空阔境界

一九八七年六月十四日于澳洲昆士兰省之海城叶潘

一札诗的贺礼

——致青年诗人

序　曲

结束少女多梦的季节
迎接成熟醒来的岁月
昨夜星辰　遨游太空
吉星报喜　不再被梦驱使

之　一

无须坐婚车　披彩纱
无须覆盖凤冠霞帔
缕缕诗丝　早编织完美
芳华的桂冠　青春的裙裾
有型有款　充盈韵味
千金一刻　来一个

获全国屈原杯大奖的《时装表演》①

之　二

寻找到自己以外的我

梦中五颜六色的虹

已消失诱惑的魅力

今夕何夕兮　笑兮兮

让自己融入自己以外的我

仙露朗润　明珠清圆

合唱一曲天仙配

共咏一章关雎

现实的真实

比《梦中虹》更多彩多姿

之　三

以爱　以美　以光　以热

裸露真诚　忠于缪斯

诚至　情至　守护住

这块新开垦的领地

让世俗眼红吧

艳艳一枝芙蓉　绽蕾吐蕊

① 《时装表演》为邓妙蓉之诗作，系一篇得奖作品。

坦舒光洁无瑕的花瓣

生命的妙谛

不在获取　在给予

新的一章开始　独出机抒

之　四

我远离山河

去国九万里踏着浪

在水天接连的悠悠一线

极目　梅子关头古驿道

马坝狮子岩　曲江风度园

地缘　人缘　诗缘　历史缘……

缘千千结　不待你发帖邀请

我已举起一瓶映澈夜光的红葡萄

跟崛起九峰的新一代诗骠骑

一同为你这美丽而珍贵的时刻驰骤

满满的暖暖的干杯　再干杯

之　五

小北江如带的白练

南太平洋似玉的浪花

共长天一色透碧如染的珠江春水

也一同献上醇香　为你尽情酣醉

还有　花鸟也大大热闹一番

春华　对你绚丽竞放

秋桂　迎你沁沁飘香

双凤　向你翩翩起舞

晓燕　伴你低空翱翔

开心快乐的晨光

扑面而来

等待你　青春无怨

一九八九年十一月十九日稿于布里斯本

在水一方

——遥致画家林墉、陈永锵

一年前，林墉、陈永锵、涓涓以"在水一方"为题，有诗唱和，余喜读之。此刻，余在海岸，因袭其题，成三叠曲，寄之。

我在水的一方
你们在水的一方
我遥念你们，你们
汪洋大海头

你们在水的一方
我在水的一方
我遥念遥念你们
一日如三秋

你们和我各在水一方，一方
潮生，潮落，潮涨

风雨吟

待诗，待画，待远音
情若川流，思若海流

一九八六年六月于澳洲黄金海岸

上一代下一代

——给大西洋彼岸的同学加东

我要寻找的

你也要寻找

你要寻找的

我也要寻找

世界并没有把我们隔开

岁月在你的辫子上掠过

谁说我们之间会有代沟

你从野色苍苍的乡下回来

又从生活窄窄的大学课室走出

临走，没有一声道别

我也不用伤离别

世界就是个更大的课室

海阔天高，天高海阔

你已从世界那边的天，那边的海

飞过来，游过来

今夜，电话里响起你清脆的声音

你说：当年上完我的一课唐诗就走了

就走了

不管时间跑得快

还是你跑得快

此刻，我赶快起床拾起我的梦

写首小诗给你

月光淡淡地起

月光又淡淡地落

我不会再讲那《春江花月夜》

你也不会再听那《春江花月夜》

我们不属于过去

大西洋彼岸的风

吹拂着你年轻的心

太平洋彼岸的风

吹拂着我未老的心

吸一口远方震荡的空气

晒一晒大海边强烈的太阳

叫古老苍白的岁月溜到一边

不是下一代跟上一代走

也不是上一代跟下一代走

我们一齐走，与世界同步

一九八七年八月十四日夜于广州越秀山麓

微笑的手

——给来自古罗马的遨游者

大海，把古长城和古罗马

两端系上一条灿灿的霓虹

一朝，映落大洋洲的海湾共逐潮沙

遨游于风与水之间

你懂得一句中国话：你好

高兴地打开一本本子

要我留两句中国诗

我写下："海外存知己"

你伸出微笑的手

我轻轻地一握

多情别笑我

烟波万里外

握手即天涯

一九八七年一月于昆士兰省之海城叶潘

第七十八个春天的诞生

—— 给一位纽西兰妇女 DIANE

一束深红深红的玫瑰

一块多彩多姿的蛋糕

加上　四支斑斓的小洋蜡

伴我　一对绽开笑靥的小天使

给我　点燃生命之烛光

异域相逢何必曾相识

算岁月　累累向人生挑战

望大海　滔滔不息情谊

谁云说　人际烟云漠漠

近而又远动而又静

蹋蹋来去的踪迹

外宇宙　一双陌生行脚

内宇宙　一曲未名心乐

赠我鲜丽的花朵

沁出水灵灵　清新洒脱

不须寻觅

不熟悉也自然熟悉

任历劫的时间流沙　浪淘波洗

在这另半个地球　冬天已消逝

大地氤氲　世界旋转

万有与人　生生不息

微粒里　空气跃跃躁动

一根小草的脉搏

也充满新的冲击力

眼前　喜鹊踏着庭前缤纷的花树

听你唤我　有音有韵的名字

欣欣然打破啄食时的沉默

为我歌唱第七十八个春天的诞生

在嫩绿的枝头上　对应我的心灵

一九八九年十一月中旬稿于布里斯本

寄诗人卢迈东京

一水天涯　去国人远

你在东瀛　我在南溟

念你樱花之客

岁月无声　大洲相隔

你说樱花开又落

谁识得京都满冠盖

能否容一憔悴诗人

我喟然读《陌生世界》①

你可曾听过尺八

———————————

① 《陌生世界》是卢迈的散文，连续发表于广州《羊城晚报》。

再现诗的画面，体悟诗的情感

——我这样教学《风雨吟》

苏　畅　岳国精

　　这首诗歌的作者芦荻，1912 年生，现代诗人。原名陈培迪，生于广东南海。作为一个久居南国的诗人，在那个风云激荡的历史年代，他在诗中带给我们的是一场气势宏大的暴风骤雨，这是时代将要发生一场重大变革的前奏和征兆。作者笔下的自然的风雨，让我们感受到了社会的风雨，也让我们看清了作者心中的风雨。诗人如其他那个年代的年轻人一样，在浩荡的历史时代辨不清方向，无法把握个人命运之舟的舵把，表现出忧虑不安。

　　从文中诗人笔下的"风""雨"中，我们看到眼前的景象与诗人平日熟悉的景象有着巨大的变化。这首诗的画面感很强：风雨中的"大地"，犹如波涛起伏的海面，而大地上的"房舍"，就像飘摇在海面上的小船；"我"面对"大地的海"，心中充满了对前路的忧思，就像一个缺乏经验的年轻舵手，找不到航行的方向。全诗来看，"大地的海"是一个独特的意象，使我们感觉到诗人的人生目标发生了动摇，对前路感到迷茫。我们看到"大地的海"的意象是与风云变幻的历史现实是联系在一起的，由此产生了"房舍如舟""年轻的舵手"等联想，清晰地展现了年轻人面对难以预料的世事，产生的一种困惑无助甚至有些害怕的内心感觉。

解读诗歌重在以自己的人生感悟去品读，但初中生的生活阅历有限，我们在教学中要多引导学生朗读，在"美读"中引导学生结合个人的现实经历，去联系类似情景，进行想象，化虚为实，营造画面，体味诗歌的画面美。在这个过程中，一定不能忽视作者的生平和写作背景材料，做到"知人论世"。诗作于上个世纪三十年代，要引导学生了解那时中国的"大地"是怎样的"大地"？那时中国"大地"又在遭受怎样的"风雨"的侵袭？结合分析诗歌中的重点词语和意象特征，领悟其象征意义，真正了解作者的感情；特别应体会诗人作为那个时代的有为青年，在那个风雨如晦的时代，其内心深处所产生的强烈的责任感、使命感以及对中国社会前途、对民族命运的深深的担忧，进而自然地激发学生关注生活、关心时代的责任意识和使命担当。

课前布置同学预习短诗，并让同学写了一点鉴赏性评论。从同学课前预习作业情况看，多数同学有自己的主见，也存在多种看法，最大问题在于许多同学在阐述诗歌主旨的解读过程时，表述还欠严密，赏析时还不能做到有理有据。因而，在课堂组织交流讨论时，须特别强调在陈述观点之后要阐明这些观点是如何得出的，同学们应全体参与，互相补充辨析，共同完成学习任务。

基于以上考虑，这首诗歌的教学目标与教学内容如下：

1. 教学目标：

（1）结合诗歌的写作背景，理解诗歌的主旨和情感。

（2）分析诗歌的语言，感受诗歌的画面美和意境美。

（3）了解诗歌解读"诗无达诂"的特点，引导学生进行个性化解读。

（4）以小组合作学习方式培养学生质疑的学习习惯，锻炼交流、表达能力。

2. 教学重难点：

用准确生动的语言分析诗歌主旨，写鉴赏性小短文。

根据以上教学目标和教学内容的安排，教学过程主要有以下若干环节：

一、导入新课

上节课老师已布置同学预习，并让同学写了一点鉴赏性评论，同学们的解读可谓百花齐放，各有特点。下面请同学们交流一下各自的理解，让同学们分享一下你们的智慧。

学生自由发言。

二、指导朗读

1. 出示诗歌朗读的要求：

（1）读准字音，注意词语之间的停顿；

（2）朗读的节奏要缓急适当；

（3）注意朗读的语气、语调；

（4）注意词语的重读·

（5）读出情感。

学生自由朗读，教师指导。

2. 小组讨论：理解诗歌内容。

小组成员各自独立思考，交流学习心得、提出疑问，相互探讨、争辩、解疑。小组长须注意以下事项：一是担负起组织、协调责任。二是做好记录。

三、品读诗歌

1. 朗读诗歌，描绘诗歌的画面。

这首诗歌字数不多，但画面感很强，请结合诗中有特征的词进行想象，并用自己的语言描绘。

①学生朗读，小组讨论，确定画面并散文化。

②由中心发言人发言。

预设学生可能从这些方面回答：

作者文中所写的"风""雨"，那是一场狂风和笼罩天地的滂沱大雨中。声势浩大、狂啸怒吼，一切都令人震撼。

还有"大地"，好像变成了一片波涛起伏的海面。

风雨中"大地"仿佛在翻动颠簸，茫茫"郊原"犹如起伏动荡的大海，"房舍"就像大海上漂浮的一叶孤舟。"房舍"中的"我"自然就像那驾舟的"舵手"。因为"年轻"，所以在这"大地的海上"，"我"不知道人生命运的舟船驶往何处，是否有沉沦灭顶之虞，而不免忧心忡忡。

③教师明确：诗人描绘了在铺天盖地的疾风骤雨中，给人带来的冲击与感受。

2. 结合画面，赏析诗歌语言。

（1）开头两句"风从大地卷来，雨从大地奔来"中的"卷""奔"二字表达出什么效果。

学生再次朗读，小组讨论，由中心发言人发言。

这个环节有一定的难度，学生们可能会出现与理解有一定差异的答案，教师明确："卷""奔"这两个动词极为生动，描绘出了它动荡的、不安定的，而且被裹挟着的颇有气势的冲过来的动态。

159

（2）"海"与"舟"之间的对比有什么作用？

①学生小组讨论，由中心发言人发言。

过程预设，学生在回答手法时，相对较为容易，作用及理解相对较难，教师可以及时点拨。

②明确：在空间、力量等方面的对比，给人带来极大的视觉及精神冲击。也许会是惊恐，也许会是毫无惧意，也许会是赞叹自然神力。

3. 结合写作背景，提炼象征意义，理解作者感情。

（1）诗歌中的"风""雨"有什么象征意义？

①学生小组讨论。

②由中心发言人发言。

过程预设，可能学生在回答这一类问题，会有较大难度，及时点拨：

首先一定是指自然界中的"风"与"雨"，因为诗句中描绘的恰是自然界的狂风骤雨给诗人的真切体验。它构成了一种气势恢宏、惊心动魄甚至有些让人畏惧的意境。

③教师明确：这对于"我"这样一个没有人生阅历与生活经验的"年轻""舵手"来说，它们也指"人生"的坎坷与遭遇。诗中表达了一个年轻人面对难以预料的人生之路时对把握人生方向与目标的认同感与茫然。

（2）面对这样的"大地"，"我"是一个怎样的形象？

①学生小组讨论，由中心发言人发言。

过程预设，这一类问题防止学生脱离文本，空谈形象，也应做点拨，提醒学生：

②教师明确：诗中表达了"我"作为一个有志向的敢于像舵手

一样乘风破浪的有为青年，难以预料"风""雨"激发了"我"的勇气和责任感。"我"所面对的不仅仅是自然的风雨，更是社会的、人生的风雨。面对苦难中的中国，产生了强烈的责任感、使命感与对中国社会前途、对民族命运的深深的担忧。

根据以上教学设计，在课堂上注重引导学生读课文，通过抓住关键词句和关键细节，引导学生体验、理解课文所表达的情感。课堂上学生表现积极，体验品味具体、细腻，尤其是学生们能够深入体会诗歌画面，写下心中的感悟也就成了水到渠成的事情。其中课堂上有这样一幕，呈现如下：

师：这首诗歌并不长，通过刚才的诵读，你们觉得描写了一个什么样的场景呢？

生：摧枯拉朽、风雨交加的场景。

师：给你一种怎样的感受？

生：我感觉不寒而栗，非常震撼。

师：从第一段与第二段的关系看，诗人是怎样描绘的呢？

生：我感觉一、二两句是从动的角度，三、四句是从静的角度，而且使用比喻的修辞手法。

师：下面一个问题有点挑战性，看你们敢不敢去猜想，诗人仅仅是面对自然的风雨吗？请你联系作品的背景看。

生：应该不完全是，诗人生活在这样的一个年代，自然除了自然风雨之外，还有社会的风雨，两者在心中交融在一起。

师：这让我想起了高尔基的《海燕》，你们知道写作手法吗？

生：象征。哦，我知道了，这是象征手法。

师：对，在这篇文章中，我们通过诗人给我们营造的画面，感受作者所写的象征意义，让我们看到了他内心的呼唤，其实不仅仅是他，还有许多人经历人生的波折，在风雨中历练，在风雨锤炼自我，不断的修正自己人生的航向，最终到达心灵的远方。

那么同学们，你还知道哪些人物与作者有相似的经历，他们有着怎样的表达？

请大家小组谈论一下。

（学生活动五分钟）

师：下面请各组的中心发言人作总结。

生：我们想到的是"不管风吹浪打，胜似闲庭信步"——毛泽东《游泳》。这表现了毛主席"到中流击水，浪遏飞舟"的壮志豪情。

师：很好，这的确表现了毛主席在风浪中游泳时的镇定和从容。

师：再请一组同学说说。

生：我们喜欢"莫听穿林打叶声，何妨吟啸且徐行。竹杖芒鞋轻胜马，谁怕？一蓑烟雨任平生。料峭春风吹酒醒，微冷，山头斜照却相迎。回首向来萧瑟处，归去，也无风雨也无晴。"——苏轼《定风波》这首词。它体现了苏轼经历了人生风雨，遭受了各种政治打击和迫害时，遇变不惊、旷达、洒脱的人生态度。

师：的确，苏轼对待逆境的态度值得我们深思。所以我们对待人生中的风雨，应该抱有积极进取，泰然处之的态度。

……

回顾这堂课的教学过程，我的感觉是这首诗虽然篇幅较短，但是蕴含隽永。首先，要读出一幅画面，从对画面的感受中去体会作者的情感。当然最先一步还是引导学生去寻找诗中一些有特征的词，如"风""雨""大地"等等，让学生联系自己的生活展开丰富的想象，构建一幅幅诗的画面。然后引导学生关注文中的一些关键词语，如"卷"充分体现了自然的力量，而"海"与"舟"之间的对比，从空间等方面，又给人带来极大的视觉及精神冲击。最后引导学生提炼文中象征意义，理解作者的感情——"我"所面对的不仅仅是自然的风雨，更是社会的、人生的风雨。通过"忧怀"二字，联系作者的写作背景，引导学生理解像作者一样的人，在那个特殊的历史年代，面对苦难中的中国，产生了强烈的责任感、使命感与对中国社会前途、对民族命运的深深的担忧。由"自然界"而"人生"而"社会""民族"，由实而虚，给读者留下了基于自身阅历可以解读、想象的空间。

在教学过程中要不断通过引导朗读，强化诗歌的画面感，以及对象征意义的理解，最后结合当下的历史责任，激发学生的情感共鸣。

在教学中还是要注重对学生在诗歌词语、画面上的引导，要注重通过对画面重造的铺垫作用，同时注重诗歌与时代的联系，要让学生对诗人情感的理解达到水到渠成的效果。尽量避免强行拔高。

图书在版编目（ＣＩＰ）数据

风雨吟 / 芦荻著. -- 武汉：长江文艺出版社，
2019.2
（教育部新编初中语文教材拓展阅读书系）
ISBN 978-7-5702-0779-4

Ⅰ. ①风… Ⅱ. ①芦… Ⅲ. ①诗集－中国－当代
Ⅳ. ①I227

中国版本图书馆 CIP 数据核字(2018)第 293136 号

责任编辑：马　蓓　　　　　　　　责任校对：陈　琪
封面设计：徐慧芳　　　　　　　　责任印制：邱　莉　王光兴

长江出版传媒　　长江文艺出版社
出版：
地址：武汉市雄楚大街 268 号　　　邮编：430070
发行：长江文艺出版社
电话：027—87679360
http://www.cjlap.com
印刷：武汉市首壹印务有限公司

开本：640 毫米×970 毫米　　　1/16　　印张：11　插页：1 页
版次：2019 年 2 月第 1 版　　　2019 年 2 月第 1 次印刷
行数：3801 行

定价：22.00 元

教育部新编初中语文教材拓展阅读书系